1904 - Décembre 24

VENTE

HOTEL DROUOT — SALLE N° 2

Le Samedi 24 Décembre 1904

A 2 HEURES 1/4

MEUBLES RENAISSANCE

et des XVII° et XVIII° siècles

FAIENCES & PORCELAINES
anciennes

Bronzes — Marbres — Etains

TAPISSERIES ANCIENNES

Tableaux

M° Gustave COULON	M. Arthur BLOCHE
COMMISSAIRE-PRISEUR	EXPERT PRÈS LA COUR D'APPEL
12, rue de la Victoire, 12	51, rue Saint-Georges, 51

EXPOSITION PUBLIQUE

Le Vendredi 23 Décembre 1904, de 2 heures à 6 heures

C. CHAUFOUR

8-10, RUE MILTON, 8-10

PARIS

CONDITIONS DE LA VENTE

La vente sera faite au comptant.

Les acquéreurs paieront *dix pour cent* en sus des prix d'adjudication.

Aucune réclamation ne sera admise une fois l'adjudication prononcée.

DÉSIGNATION

MEUBLES

1 — Très beau régulateur Louis XV en bois de rose et marqueterie de bois à fleurs richement orné de bronzes ciselés et dorés à rocailles et volutes feuillagées et fleuries, le haut à mascarons enguirlandés. Cadran signé Gudin à Paris. Ce meuble porte l'etampe P. Bernard ébéniste,

2 — Coffre en bois sculpté offrant sur le devant un hommage à Bacchus, montants à colonnes plates.

3 — Crédence en bois sculpté ouvrant à un vantail représentant en bas-retief un combat d'amazones, montants à cariatides de femmes, le bas à pilastre, xviie siècle.

4 — Meuble crédence analogue au précédent, offrant sur le vantail un combat de chevaliers.

5 — Grande crédence à retable en bois sculpté, la partie supérieure à étagère offre des panneaux à bustes de guerriers et des cariatides d'hommes et de femmes; au milieu il ouvre à deux vantaux offrant des médaillons à têtes d'hommes et de femmes, le bas est formé par deux statuettes d'homme et de femme. XVIIᵉ siècle.

6 — Crédence en bois sculpté ouvrant à deux vantaux offrant sur l'un le Jugement de Paris et sur l'autre Diane et Actéon, montants à cariatides, le bas en retrait. XVIIᵉ siècle.

7 — Bahut d'entre-deux en bois de rose orné de plaques en porcelaine genre de Sèvres avec encadrement et garniture en bronze ciselé et doré, dessus en marbre blanc, style Louis XVI.

8 — Vitrine ouvrant à deux portes en bois de placage orné de bronzes ciselés et dorés à encadrement de cariatides et arabesques, dans le

bas deux plaques en porcelaine genre de Sèvres, xix⋅ siècle.

9 — Crédence en bois sculpté ouvrant à deux vantaux offrant l'entrevue du Camp du drap d'or et le chevalier Bayard, montants à cariatides, le bas à pilastres. xvii⋅ siècle.

10 — Deux fauteuils Louis XIV en bois sculpté couverts en tapisserie au point, fond noir à médaillons de paysages.

11 — Deux fauteuils Louis XIII couverts en tapisserie au point.

12 — Grand coffre en bois sculpté offrant sur le devant un combat de chevaliers.

13 — Meuble d'entre-deux Renaissance en bois sculpté et orné de marqueterie de bois offrant sur le vantail un combat de guerriers, tiroir à trophée de drapeaux.

14 — Stalle Renaissance en bois finement sculpté dossier à petits faunes et enfants au milieu de rinceaux feuillagés, siège formant coffre.

15 — Meuble crédence ouvrant à un vantail offrant en bas-relief le mariage d'Henri IV, montants à cariatide de femmes de l'époque XVIIe siècle.

16 — Meuble crédence en bois sculpté offrant dans le haut au centre Minerve, et sur les côtés deux cariatides de femmes, portes représentant Mars et Vénus et l'hymen ; le bas à doubles cariatides d'hommes et de femmes avec fond à rosaces. XVIIe siècle.

17 — Crédence en bois sculpté et marqueterie de bois à sujets guerriers, enfants, trophée de drapeaux, vase fleuri, montants à cariatides de femmes avec date 1571.

18 — Fauteuil crapaud couvert de cuir avec rampe en peluche.

19 — Bureau Louis XV ouvrant à trois tiroirs.

20 — Table Renaissance piètement sculpté à cariatides de femmes ailées, mascarons et pilastres reliés par des draperies.

FAIENCES. PORCELAINES

21 — Groupe en porcelaine de Saxe; personnages jouant avec des oiseaux.

22 — Groupe en porcelaine d'Allemagne : le triomphe de Vénus.

23 — Six figurines en porcelaine de Berlin : paysans et artisans.

24 — Six petites figurines en porcelaine d'Allemagne.

25 — Deux petits groupes d'amours jouant, en porcelaine de Saxe.

26 — Deux statuettes de vieillards assis, en faïence allemande.

27 — Deux groupes en porcelaine de Saxe : musiciens et chanteurs.

28 — Groupe en porcelaine d'Allemagne : musiciens assis sur un canapé.

29 — Deux groupes en porcelaine de Saxe : Offrandes à l'amour.

30 — Paire de candélabres, en faïence de Gien formés par des lions héraldiques portant des branches à sept lumières en bronze.

31 — Soupière ronde décor à personnage.

32 — Seau de Sinceny décor en polychrome, anses à coquilles.

33 — Seau de Moustiers décor en bleu au buste.

34 — Dessus de brosse Delft doré décor au vase fleuri

35 — Deux plateaux et huit pots à crème de Strasbourg décor de fleurs.

36 — Pot à pharmacie avec inscriptions.

37 — Petite potiche de Delft décor en bleu.

38 — Aiguière et son bassin de Niederwiller décor en camaïeu rose à paysage.

39 — Deux petits seaux de Bordeaux anses à têtes de lions.

40 — Ecuelle de Nevers décor bleu à médaillons de personnages.

41 — Ecuelle et son plateau de Marseille décor en vert à paysages.

42 — Vase de Delft à deux anses et couvercle décor bleu.

43 — Soupière ovale de Moustiers décor jaune, couvercle avec poignée forme branchage de fruits.

44 — Jardinière de Moustiers décor polychrome.

45-50 — Cinq huiliers avec burettes en faïence de Bordeaux.

51 — Deux tasses avec leurs soucoupes de Montpellier décor à fleurs sur fond jaune.

52 — Saucière à anse de Bordeaux décor polychrome à fleurs.

53 — Vase de Moustiers décor en bleu anses à
têtes de lions.

54 — Grande soupière oblongue de Rouen décor
polychrome à lambrequins et fleurs.

55 — Soupière ronde de Sinceny décor de fleurs.

56 — Soupière de Rouen bordure à lambrequins

57 — Légumier de Sinceny décor de fleurs.

58 — Grande soupière de Sinceny décor de
fleurs.

59 — Légumier de Rouen décor à la corne, au
papillon et aux fleurs.

60 — Légumier oblong de Bordeaux décor en
polychrome.

61 — Légumier oblong de Bordeaux décor en
bleu.

62 — Théière de Nevers décor en bleu à corbeilles et volutes.

63-64 — Deux aiguières en faïence italienne décor en polychrome et inscription.

65 — Sucrier Strasbourg décor au chinois.

66 — Aiguière de pharmacie faïence italienne décor en blanc.

67 — Ecuelle de Moustiers décor en vert.

68 — Sucrier ovale décor à fleurs.

69 — Cafetière de Honnoy décor à fleurs.

70-72 — Trois soupières en faïence de Bordeaux décor polychrome.

73 à 76 — Six bouquetières en faience de Bordeaux, décor en polychrome, en bleu et en vert.

77 — Bouquetiére à huit tubes en faience de Bordeaux, décor à fleurs.

78 — Bouquetière en faience du Midi, décor à fleurs sur fond jaune.

79 — Gourde en faïence de Delft, décor en bleu
à oiseaux.

80 — Saucière en ancienne porcelaine de Sèvres,
décor à bouquets de fleurs.

81 — Petite théière en vieux Chine, décor à
fleurs.

82 — Quatre plats ronds de Delft, décor polychrome.

83 à 86 — Six autres, décor en bleu.

87 — Assiette de Delft, trois personnages dans
un paysage, décor en bleu.

88 — Six petits plats ronds de Delft, décor en
bleu.

89 à 92 — Quinze assiettes et soucoupes de
Delft, décor en bleu et polychrome.

93 — Deux plats ronds et un plat ovale de
Strasbourg, décor à fleurs.

94 à 97 — Vingt assiettes, décor aux chinois et
oiseaux.

98 à 104 — Vingt et un plats de Bordeaux, décor polychrome.

105 — Huit saladiers de Bordeaux à fleurs.

106 à 110 — Quinze assiettes de Bordeaux, décor à fleurs, personnages et fruits.

111 — Assiette de Moustiers, décor à personnages en polychrome.

112 — Plat long et plat rond de Moustiers, décor en vert.

113 — Grand plat de Marseille (Perrin), décor à fleurs.

114 — Assiette de Marseille au chinois.

115 — Plat long de Marseille, décor de fleurs.

116 à 123 — Quatorze plats, assiettes, soucoupes de Rouen, décor en bleu et polychrome.

124 — Assiette fond jaune à trophée de drapeaux.

125 — Plat creux et oblong de Moustiers, décor en bleu au buste.

126 — Plat oblong de Moustiers, décor en bleu
d'après Callot.

127 — Plat rond même décor en polychrome.

128 — Quatre assiettes de Moustiers, décor en
vert.

129 — Petit plat ovale de Moustiers, décor à
rocailles.

130 — Assiette octogonale de Moustiers, décor
en vert, d'après Callot.

131 — Deux plats oblongs de Moustiers, décor en
bleu et vert.

132 — Plat oblong de Moustiers, décor de bran-
chages en bleu.

133 — Plat rond de Moustiers offrant au centre
un trophée de drapeaux.

134 — Plat long de Moustiers, décor jaune.

135 — Plat rond de Moustiers, décor central à
bouquets de fleurs.

136 — Grand plat rond de Moustiers, décor en
jaune, d'après Callot.

137 — Plat rond sur piédouche de Moustiers,
décor en bleu à personnages.

138 — Deux plats ronds de Moustiers, décor en
vert à personnages.

139 — Compotier de Moustiers, décor en jaune à
l'oiseau.

140 — Plat ovale de Moustiers, décor vert, d'après
Callot.

141 — Deux plats creux oblongs de Moustiers,
décor en bleu au buste.

142 — Trois assiettes de Montpellier, décor aux
roses bleues.

143 — Grand plat de Nevers décor à personnages,
bordure gaufrée.

144-146 — Cinq plats faïence de Rhodes, décor à
fleurs et palmes.

147 — Plat rond faïence italienne, cariatide de
femme.

148 — Plat hispano mauresque à ombilic et inscription.

149 — Soucoupe hispano mauresque.

150-152 — Salière, tasses, soucoupes, gobelets en
faïence décorée.

153 — Deux saucières polychrome.

154 — Trois porte tasses décor polychrome.

155 — Petit pichet de Delft décor polychrome.

156 — Petit seau décor polychrome.

157 — Pichet de Montauban décor en vert au Chinois.

158 — Quatre pichets de Bordeaux décor polychrome.

159 — Fontaine de Rouen décor à fleurs.

160 — Trois jardinières de Bordeaux décor polychrome.

161 — Bassin de fontaine de Bordeaux, décor Louis XV.

162 — Quatre porte-huiliers de Nevers.

163 — Aiguière et son bassin décor à l'oiseau.

164 — Soupière et son plateau de Faenza, décor à réserves de paysages sur fond de pointillé violacé.

165 — Fontaine de Moustiers décor en bleu d'après BÉRAIN.

166 — Pot de pharmacie avec inscription.

167 — Fontaine de Moustiers, décor en jaune à personnages et animaux.

168 — Fontaine et son bassin de Bordeaux, décor de fleurs, goulot forme dauphin.

169 — Deux potiches de Delft décor polychrome.

170 — Cornet Delft décor bleu à personnage.

171 — Cornet de Delft décor bleu à oiseaux.

172 — Trois bouteilles de Delft décor en bleu.

173 — Gourde de Montauban décor au buveur et inscription.

174 — Potiche de Delft décor en bleu à la Chinoise.

175 — Potiche de Delft décor à fleurs en camaïeu violacé.

OBJETS D'ART

176 — Buste de femme en marbre blanc, avec ruban et fleurs dans les cheveux. Signé CH. VEECK.

177 — Lanterne persane en cuivre gravé et ajouré.

178 — Lustre en bronze orné d'amours et de fleurs en porcelaine de Saxe.

179 — Petite lampe romaine en bronze noir couvercle à mascarons, anses à doubles volutes.

180 — Ecuelle en étain gravé et ciselé, anses plates. Epoque Louis XIV.

181 — Couteau de chasse, signé BRÉAN, avec poignée en ivoire ornée d'argent, le haut à tête de lion, la garde forme sphinx, fourreau en cuir garni d'argent, lame de Damas. Epoque Louis XV.

182 — Coffret à bijoux en marqueterie de Boulle.

183 — Jeu d'échecs en ivoire, dans un coffret en marqueterie de bois.

184 — Petite clef gothique en fer finement repercé à jour.

185 — Petit groupe en brenze : Pieta. XVIIe siècle.

186 — Jolie petite bonbonnière en or gravé offrant sur toutes ses faces des médaillons de nymphes et d'amours au milieu de nuages. Epoque Louis XVI.

TABLEAUX

AQUARELLES, PASTELS, DESSINS

187 — BOUCHER (Ecole de). Pastorale. Cadre
bois sculpté.

188 — CICERI (Attribué à). Entrée de Rouen.
Aquarelle.

189 — CRAESBECK. Scène d'intérieur de caba-
ret. Cadre bois sculpté.

190 — FRAGONARD (D'après). Scène historique.

191 — GALIEN-LALOUE. Vues de Paris. Quatre
aquarelles.

192 — GARAT (Francis). Vue de Paris. Aquarelle.

193 — HELLEU. Les deux petites sœurs. Dessin
aux deux crayons.

194 — HELLEU. Quatre têtes de fillettes et de
jeunes filles. Dessin aux deux crayons.

195 — LENOIR (M.). Quai d'un port.

196 — NATOIRE (Ecole de). La Diseuse de bonne aventure. Cadre bois sculpté et doré.

197 — PILARÈS. Les Arènes. Aquarelle.

198 — POELIMBOURG. Diane et ses nymphes.

199 — REMBRANDT (?). Portrait de vieillard tenant un médaillon. Cadre bois sculpté et doré.

200 — RUBENS (Ecole de). Scène de famille.

201 — TENIERS (Attribué à). La Partie de cartes.

202 — TENIERS (Attribué à). Personnages devant l'auberge.

203 — VAN OSTADE. Le Cuisinier.

204 — ECOLE ESPAGNOLE. L'Annonciation.

205 — ECOLE ITALIENNE. Les Deux vieillards.

206 — ECOLE ITALIENNE. Portrait de seigneur avec grand col et cordon bleu.

207 — ECOLE ITALIENNE. Saint en prière.

TAPISSERIES, TAPIS

208 — Panneau en ancienne tapisserie paysage avec volatiles.

209 — Panneau en ancienne tapisserie paysage boisé.

210 — Panneau en ancienne tapisserie représentant la famille de Darius aux pieds d'Alexandre.

211 — Deux petits tapis d'Orient décor polychrome.

212 — Objets omis.

RED. :

16

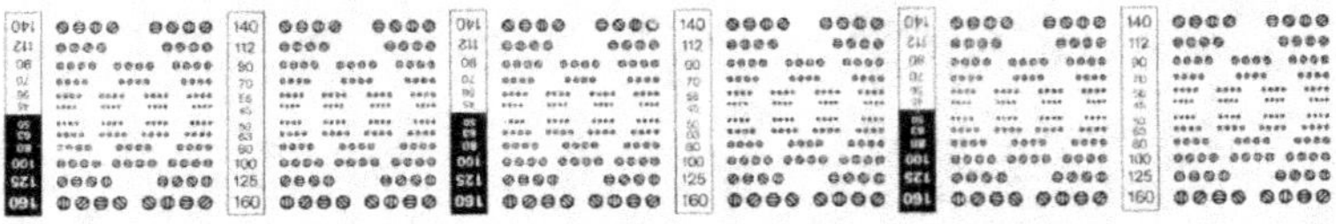

MIRE ISO N° 1
NF Z 43-007
AFNOR
Cedex 7 - 92080 PARIS-LA-DÉFENSE

graphicom

0 1 2 3 4 5 6 7 8 9 10